AF372635

VENTE
Du Lundi 15 Mai 1911
HOTEL DROUOT, SALLE N° 6
A DEUX HEURES

ANCIENNES PORCELAINES

DE LA CHINE

APPARTENANT A M. C...

COMMISSAIRE-PRISEUR
M° HENRI BAUDOIN
Successeur de M. Paul CHEVALLIER
EXPERT
M. ÉDOUARD PAPE

CATALOGUE

DES

Anciennes Porcelaines

DE LA CHINE

APPARTENANT A M. C...

DONT LA VENTE AURA LIEU A PARIS

HOTEL DROUOT, SALLE N° 6

Le Lundi 15 Mai 1911

à deux heures

<table>
<tr><td>COMMISSAIRE-PRISEUR
Me HENRI BAUDOIN
Successeur de M. PAUL CHEVALLIER
10, rue Grange-Batelière</td><td>EXPERT
M· ÉDOUARD PAPE
174, rue du Faubourg-Saint-Honoré
PARIS</td></tr>
</table>

EXPOSITION PUBLIQUE

Le Dimanche 14 Mai 1911, de 1 heure 1/2 à 5 heures 1/2

CONDITIONS DE LA VENTE

Elle sera faite *au comptant*.

Les adjudicataires paieront *dix pour cent* en sus des enchères.

Paris. — Imp. de l'Art, Cʜ. Bᴇʀɢᴇʀ, 41, rue de la Victoire.

DÉSIGNATION

ANCIENNES PORCELAINES
DE CHINE

1 — Quatre petites tasses et leurs soucoupes, à réserves de fleurs polychromes sur fond d'or.
Époque Kien-lung.

2 — Gobelet, fond vert réticulé et ajouré.

3 — Tasse, à réserves de fleurs et personnages
sur fond d'or. Époque Kien-lung.

4 — Bouteille à panse vert clair, décorée à
la partie supérieure de fleurs en bleu sur blanc.
Monture argent.

5 — Théière, décor polychrome d'oiseaux, de fleurs
et de branchages en relief. Époque Kien-lung.

6 — Paire d'aspersoirs, décorés dans le style persan
de bandes bleues et de fleurettes d'or.

7 — Six tasses et leurs soucoupes, décor polychrome de fleurs. Époque Kien-lung.

8 — Bol et son plateau creux, à revers fond capucin, décor bleu sur blanc de branches fleuries.
Marque aux deux poissons.

9 — Petit flacon, décor polychrome, personnages
chinois. Époque Kien-lung.

10 — Petit flacon fond capucin, à réserves de fleurs
roses.

11 — Bouteille à long col, décor bleu sur blanc.

12 — Bol, décor bleu sur blanc.

13 — Deux pitongs de forme hexagonale, à réserves
de fleurs et de personnages chinois. Époque
Kien-lung.

14 — Aspersoir à double renflement, décor polychrome de branchages fleuris. Époque Kang-
shi.

15 — Paire de potiches forme balustre, décor de
paysages chinois.

16 — Cafetière de forme conique, fond capucin.
Réserves de fleurs et branchages.

17 — Aiguière, décorée de fleurs d'or. Monture
en cuivre doré.

18 — Vase, à réserves présentant en bleu sur
blanc des fonds clathrés alternant avec des
paysages chinois.

19 — Deux lions de Fô émaillés sur biscuit. Époque des Ming.

20 — Théière, décor polychrome de fleurs. Époque Kien-lung.

21 — Deux bols fond rose. Petites réserves de personnages chinois polychromes.

22 — Tasse à thé et sa soucoupe. Réserves de fleurs polychromes sur fond vermiculé. Époque Kien-lung.

23 — Tasse et sa soucoupe fond rouge corail. Réserves de fleurs et personnages. Époque Kien-lung.

24 — Écuelle à bouillon et son plateau, fond bleu fouetté. Réserves décorées de fleurettes bleues. Époque Kang-shi.

25 — Vase couvert, décor polychrome, chrysanthèmes et pivoines sur fond jaune. Époque Kien-lung.

26 — Paire de potiches, décor polychrome dit « au coq ».

27 — Petit flacon, décoré d'un dragon en bleu sur blanc. Époque Kien-lung.

28 — Tasse à thé et sa soucoupe, décor dit « au coq.

29 — Pot ovoïde et son couvercle à fond clathré, à réserves d'oiseaux et de fleurs polychromes. Époque Kien-lung.

30 — Petite théière, fond bleu rehaussé d'or.

31 — Trois plats de service octogonaux, de forme allongée, décor de fleurs et personnages. Époque Kang-shi.

32 — Aspersoir, décor de fleurs polychromes. Époque Kien-lung.

33 — Bol et son support, fond brun à rehauts d'or. Réserves de personnages polychromes. Nien-hao de Kia-king (1795-1821).

34 — Grand aspersoir à panse renflée, décoré dans le style persan d'ornements en bleu sur blanc.

35 — Quinze assiettes, décor d'oiseaux et de branchages en rouge et vert. Époque Kang-shi.

36 — Cafetière de forme conique, décor polychrome, de fleurs. Époque Kien-lung.

37 — Théière, fond noir à réserves polychromes décor d'oiseaux. Époque Kien-lung.

38 — Aspersoir, décor polychrome de fleurs. Époque Kang-shi.

39 — Quatre assiettes, décor polychrome de fleurs et de vases. Époque Kien-lung.

40 — Deux compotiers, décor rouge et or. Personnages chinois.

41 - Deux petites bouteilles à panses renflées. Époque Kien-lung.

42 — Paire de potiches, décor polychrome dit « au coq ». Époque Kien-lung.

43 — Six assiettes, à réserves vertes de fleurs et de paysages chinois sur fond bleu rehaussé d'or. Époque Kang-shi.

44 — Deux potiches et un cornet, à décor de fleurs et d'oiseaux polychromes. En haut de la panse et du cornet, petites bandes vertes virant au noir. Époque Kien-lung.

45 — Théière à panse renflée. Fleurs polychromes. Monture argent. Époque Kien-lung.

46 — Paire de potiches, décor polychrome de faisans et de fleurs. Époque Kien-lung.

47 — Petit flacon à réserves de personnages en bleu sur blanc. Monture en argent. Marque à la feuille.

48 — Deux très petites potiches couvertes, décor polychrome de fleurs. Époque Kien-lung.

49 — Bol, fond rouge, à réserves polychromes de personnages.

50 — Bouteille à col renflé, décor de fleurettes bleu sur blanc. Marque à la feuille. Époque Kang-shi.

51 — Théière, décor polychrome de fleurs et de coqs. Époque Kien-lung.

52 — Crachoir à réserves de fleurs et de paysages polychromes alternant avec des bandes vertes virant au noir. Époque Kien-lung.

53 — Aspersoir, décor polychrome de fleurs et fong-hoang. Époque Kang-shi.

54 — Pot à lait, décor de fleurs sur fond vermiculé. Époque Kien-lung.

55 — Paire de potiches, décor polychrome de fleurs et branchages. Monture en bronze doré. Époque Kien-lung.

56 — Quatre très petites tasses et leurs soucoupes, à décor de fleurettes bleu sur blanc.

57 — Petit flacon en céladon.

58 — Tasse et sa soucoupe, décor polychrome de fleurs et coqs. Époque Kien-lung.

59 — Garniture de cinq pièces, composée de trois potiches avec leurs couvercles et de deux cornets décorés de réserves de fleurs polychromes sur fond bleu rehaussé d'or. Époque Kien-lung.

60 — Trois cloches de dimensions différentes, à décor de feuilles et de fleurs polychromes. Époque Kien-lung.

61 — Deux cornets de forme évasée et à panses renflées, décor polychrome de fleurs et de feuilles. Époque Kien-lung.

62 — Pitong hexagonal. Fleurs et animaux. Époque Kien-lung.

63 — Autre pitong de forme rectangulaire, décor polychrome de personnages chinois. Époque Kien-lung.

64 — Paire de très petits cornets, décor polychrome de fleurs. Époque Kien-lung.

65 — Aspersoir, décor de fleurs polychromes. Époque Kang-shi.

66 — Théière, décor polychrome de fleurs et feuillages. Époque Kien-lung.

67 — Bidet, décor polychrome de fleurs et de lambrequins vermiculés. Époque Kien-lung.

68 — Deux potiches forme balustre et leurs couvercles, décor polychrome de fleurs. En haut de la panse, lambrequins roses.

69 — Bouteille à panse couleur café au lait. Le col est décoré de fleurs en bleu sur blanc.

70 — Deux potiches forme balustre. Réserves de
fleurs polychromes. Fond vermiculé. Les couvercles sont surmontés de deux chiens. Époque
Kien-lung.

71 — Deux petits flacons, décor en relief. Époque
Kien-lung.

72 — Tasse à thé et sa soucoupe, décor de scènes
chinoises. Époque Kien-lung.

73 — Deux potiches et un cornet, décor polychrome
d'ustensiles et de fleurs. Lambrequins polychromes à la panse et à la base.

74 — Paire de cornets polychromes. Lambrequins
au col.

75 — Deux potiches et deux cornets fond capucin à
réserves de fleurs polychromes. Époque Kien-
lung.

76 — Tasse à thé, décor polychrome de personnages. Époque Kien-lung.

77 — Six assiettes à réserves de feuillages et à
lambrequins bleus. Époque Kien-lung.

78 — Deux potiches forme balustre, à décor de
fleurs et feuillages polychromes et dorés. Époque
Kien-lung.

79 — Deux petits plats, décor polychrome de fleurs.
Époque Kien-lung.

80 — Un petit plat, à décor d'émail blanc sur blanc.
Époque Kien-lung.

81 — Deux potiches forme balustre, décor polychrome de pagodes et d'arbres. Époque Kien·
lung.

82 — Quatre plats de service octogonaux, à décor
de fleurs et oiseaux. Époque Kang-shi.

83 — Deux potiches forme balustre, décor de vases
et de fleurs. Lambrequins au col. Époque Kien-
lung.

84 — Deux potiches forme carrée et leurs supports,
à décor polychrome de scènes chinoises. Époque
Kien-lung.

85 — Bouteille à double renflement et un couvercle,
à réserves vertes sur fond bleu fouetté. Époque
Kang-shi. Monture bronze ciselé et doré.

86 — Deux potiches couvertes, forme balustre à
panse renflée, à réserves de vases et feuillages
polychromes sur un fond vermiculé rouge. Au
col, lambrequins bleus. Époque Kien-lung.

87 — Plateau polylobé, décor polychrome d'oiseaux
et de fleurs. Bordure fond clathré. Époque
Kien-lung.

88 — Deux bouteilles fond bleu fouetté, à réserves
d'oiseaux et de paysages. Décor bleu sur blanc.
Époque Kang-shi.

89 — Grande boite à thé, décor bleu sur blanc de
pagodes et de paysages.

90 — Deux grands cornets et une potiche avec son
couvercle, à décor de fleurs, fruits et oiseaux
dorés.

91 — Deux belles potiches et leurs couvercles, décor
polychrome de scènes chinoises, avec bordure
à réserves d'attributs au col et de bandes polychromes alternant dans le sens vertical au pied.
Monture bronze doré. Epoque Kang-shi.

92 — Grand bol, décoré extérieurement de pétales
roses de nélumbo imbriqués, et intérieurement
de fleurs et d'ornements dorés. Epoque Kien-
lung.

93 — Autre bol plus petit, fond rouge corail à rehauts d'or.

94 — Plat fond bleu rehaussé d'or. Réserves de
fleurs polychromes. Epoque Kien-lung.

95 — Trois plats, décorés de fleurs polychromes.
Epoque Kien-lung.

96 — Grand cornet, décor de fleurs polychromes. Au col, lambrequins polychromes. Epoque Kien-lung.

97 — Vase-lancelle, à réserves ornées de fleurs et de paysages en bleu sur blanc. Marque au champignon. Epoque Kang-shi.

98 — Deux bouteilles et leurs couvercles, à décor de fleurs et feuillages en relief sur fond vert pâle.

99 — Potiche forme balustre, décor bleu sur blanc d'oiseaux et de fleurs. Au col, lambrequins.

100 — Bouteille à panse, de forme turbinée. Décor de rinceaux et de fleurettes en bleu sur blanc.

101 — Bouteille à panse renflée, finement décorée de fleurs et de rinceaux bleu sur blanc.

102 — Potiche, à décor polychrome de scènes chinoises. Epoque Kien-lung.

103 — Paire de grandes potiches avec leurs couvercles. Décor de branchages et de fleurs bleu sur blanc.

104 — Bouteille rouge haricot.

105 — Bol à bord dentelé, décor camaïeu bleu de chiens de Fô et de fleurs.

106 — Bouteille à panse renflée et à fleurs en relief, sur fond bleu empois.

107 — Vase à panse ovoïde, à réserves de fleurs, bleu sur blanc.

108 — Cornet, fond rouge corail. Réserves de fleurs polychromes.

109 — Petit pot ovoïde couvert, décor de fleurs polychromes. A la base, branchages dorés en relief.

110 — Deux théières, fond bleu fouetté à rehauts de dorure.

111 — Indes. — Deux assiettes, décor mythologique en camaïeu noir.

112 — Indes. — Pot ovoïde couvert, décor de fleurs en relief blanc sur blanc et de réserves de fleurs et d'oiseaux polychromes.

113 — Indes. — Plateau polylobé, décor camaïeu bleu de fleurs et d'insectes.

114 — Lot de soucoupes dépareillées.

115 — Lot de tasses dépareillées.

116 — Panneau, à incrustations d'animaux et de personnages. Bronze et matières diverses.

117 — Danseur portant une vasque, bronze japonais

118 — Objets omis au catalogue.